Le défi nature
de Sami et Julie

Emmanuelle Massonaud

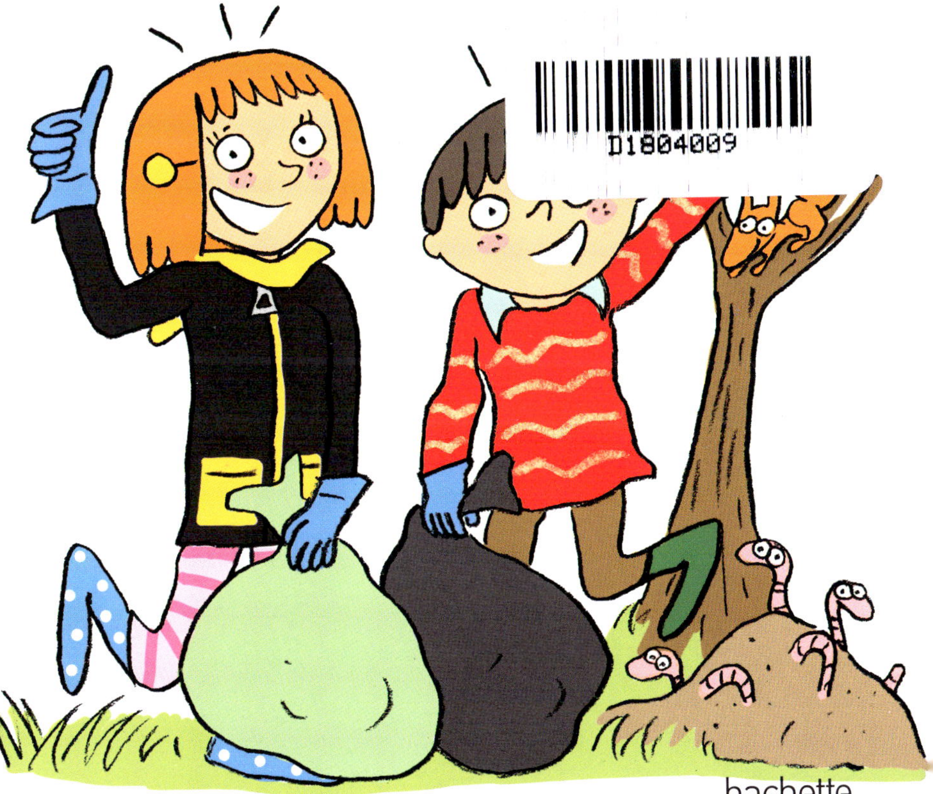

Couverture : Mélissa Chalot
Réalisation de la couverture : Sylvie Fécamp
Maquette intérieure : Mélissa Chalot
Mise en pages : Typo-Virgule
Illustrations : Thérèse Bonté
Édition : Ludivine Boulicaut
Relecture ortho-typo : Jean-Pierre Leblan

ISBN : 978-2-01-707615-5
© Hachette Livre 2019.

Tous droits de traduction, de reproduction et d'adaptation réservés pour tous pays.

Achevé d´imprimer en Février 2022 en Espagne par Grafo
Dépôt légal : Avril 2019 - Édition 10 - 72/0728/0

Les personnages de l'histoire

Comme chaque année, des affiches annoncent l'opération « Forêt propre » qui aura lieu dimanche prochain.

Bien sûr, l'école est au courant, et les maîtresses encouragent leurs élèves à y participer.

– Venez tous ! dit Tom à ses copains. L'année dernière, nous y sommes allés avec mes parents, c'était rigolo. En plus, il y a un goûter à la fin.

– S'il y a un goûter, répond Basile, je viens !

Dimanche, une foule impressionnante s'est rassemblée à l'orée de la forêt. La maîtresse distribue des gants et des sacs-poubelle à tout le monde. La maman de Tom a même apporté de grandes pinces pour saisir les déchets.

– Tout le monde est équipé ? demande la maîtresse. Il ne faut oublier aucun recoin, la forêt doit être débarrassée de toutes ces ordures qui la défigurent.

C'est affreux, pas un buisson qui ne soit souillé par une canette, un pot de yaourt ou un sac en plastique… Et là, des mégots de cigarettes, des bouteilles en verre…

Un horrible butin remplit peu à peu les sacs.

– Venez voir ! s'écrient soudain Sami et Tom. On a trouvé un truc incroyable !

Mais qui a bien pu déposer une vieille baignoire en pleine forêt ? C'est inimaginable !

Quelques heures plus tard, fiers de leur travail, tous les participants profitent d'un bon goûter.
– Chuper délichieux ! se régale Basile, tout joyeux. J'adore chette chasse au trésor !

– Il n'y a vraiment pas de quoi se réjouir, dit Julie. Je ne trouve pas ça drôle, cette belle nature et tous ces animaux menacés par tant de détritus !

– J'ai une idée ! suggère la maîtresse. Si nous lancions un grand défi ? L'opération « Zéro déchet » ! La famille qui aura produit le moins de déchets sera proclamée victorieuse. Êtes-vous partants ?

– Je relève le défi ! déclare le père de Louis.

– Nous relevons tous le défi ! s'exclame Papa très enthousiaste. Pour la maîtresse : « Hip, hip, hip, hourra ! »

De retour à la maison, la famille décide de prendre de nouvelles habitudes.

– Stop aux bouteilles en plastique, on va boire l'eau du robinet pour commencer, décide Maman.

– Oui, tu as raison, dit Papa, mais il faut faire plus pour gagner le défi !

Le voilà qui se rue sur l'ordinateur et fouille sur Internet.
Sami regarde et lit : « Recyclage organique, lombrics... » Tout cela lui paraît bien compliqué !

Quelque temps plus tard, Louis interroge ses copains :
– Alors, pour les déchets, vous en êtes où ?
– Ma mère fait tous nos yaourts, adieu les pots en plastique, répond Tom.
– Chez moi, plus de gel douche en bouteille, on se lave avec du savon solide, explique Léo.
– Et chez toi, Louis ? demande Sami.
– C'est top secret. Mon père ne veut pas que je le dise.

– Il faut découvrir son secret, suggère Julie. On va aller espionner chez lui.

Sami, Julie, Tom et Léna partent en direction de la maison de Louis. Derrière de hautes grilles, ils aperçoivent un très joli jardin. Ils guettent un quart d'heure, une demi-heure… mais rien.

Personne en vue, à part deux poulettes qui picorent de-ci de-là…

Tout penauds, Sami et Julie rentrent chez eux et racontent leur mésaventure.

– Je sais comment Louis et sa famille pensent gagner, s'exclame Papa. Ils donnent tous leurs restes de repas aux poules qui mangent tout : les épluchures, les croûtes de fromage, et même les coquilles d'œufs dont elles raffolent.

– On ne pourra pas lutter contre les poules, se résigne Sami, c'est sûr, Louis va gagner.

Papa ne s'avoue pas vaincu et annonce :
– Nous ne pouvons pas avoir de poules, eh bien nous aurons des vers de terre !
Sami et Julie sont interloqués.
– C'est simple, explique Papa, nos déchets organiques, mangés par les vers de terre, se transforment en compost !
Il nous faut un lombricomposteur, s'exclame-t-il !
Sami et Julie sont enthousiastes, Maman un peu moins.

Aussitôt dit, aussitôt fait, Papa s'attelle à la construction du lombricomposteur.

Ouille ! Aïe ! Les doigts de Papa ne sont pas épargnés.

– Ce n'est pas grave, s'écrie-t-il, nom d'un petit asticot,
nous allons gagner !

Arrive le moment délicat de l'installation des petites bestioles dans leur nouvel appartement. Julie est à la manœuvre.

– Ne les laisse pas s'échapper ! s'écrie Sami.

Quelques jours plus tard, c'est la panique dans la cuisine, des moucherons ont envahi la pièce.

– Ouvrez la fenêtre, crie Maman.

– Mais d'où viennent-ils ? renchérit Sami.

Julie a une idée :

– Je crois que c'est le lombricomposteur ! Il n'y a pas que les vers de terre qui aiment nos épluchures.

– Vite ! mettons-le sur le balcon, dit Papa.

L'heure des résultats a sonné. Les familles, une à une, pèsent leurs déchets restants. La famille de Basile est bonne dernière, trop d'emballages en plastique.

La famille de Louis et celle de Sami et Julie sont à égalité.
– Les poules et les vers de terre arrivent ex-æquo, annoncent Sami et Julie, hilares.

Pour aller plus loin...

Toi aussi, tu peux faire des actions chez toi :

Tu peux trier tes déchets, ne pas mélanger le verre, le papier et le plastique.

Tu peux faire attention à couper l'eau quand tu n'en as plus besoin, ou éteindre la lumière en sortant d'une pièce.

Préfère un goûter fait maison à un paquet de gâteaux avec beaucoup d'emballages.

Tu peux aussi recycler tes fournitures scolaires, plutôt que les jeter : une gomme peut resservir, et les feuilles vierges d'un cahier peuvent servir de brouillons...

Dans la même collection